AF306158

LE VOYAGE D'ANIERS.

LETTRE A MADAME DE N***.

PAR MONSIEUR H. urtaud

A BRUXELLES.

1748.

LE
VOYAGE
D'ANIERS.

*LETTRE A MADAME DE N***.*

Madame,

PLUS vous vous imaginiez qu'il me feroit facile de vous faire le récit de mon Voyage d'Aniers, plus j'y trouve de difficultés, & je vous avoue très-fincerement que j'aime-

A 2   rois

rois mieux le faire quatre fois en
poste ; ces riens-là demandent plus
d'imagination & de génie que quel-
que chose d'intéressant. J'ai preuve
en main pour vous en convaincre.

> Jadis Bachaumont & Chappelle ,
> Du Dieu des Vers, mignons heureux,
> Pour une entreprise si belle ,
> Ne se crurent pas trop de deux ;
> Et cependant , au loin plus étendue,
> Leur route à chaque pas présentoit à leur vûe
> Mille objets , tous intéressans ,
> Soit pour l'esprit, soit pour les sens ,
> Ici c'étoit Tendrons aimables ,
> Là bons Amis, là bonnes Tables ,
> Et le Champagne animant leur cerveau ,
> Secondoit leur veine fertile ;
> Baccus, Amour, vous conduisiez leur style ,
> Vous leur dictiez & du bon & du beau ;
> Comme eux à votre loi je fus toujours docile,
> Me refuseriez-vous de guider mon pinceau.

Mais bon ! c'est bien Baccus &
l'Amour que je dois invoquer ; vous
êtes de toutes les mortelles , celles

dont

dont ils ont plus droit de se plain-
dre ; tout le monde le sçait, & per-
sonne conséquemment ne sera assez
genereux pour atteler son Pegase
avec le mien ; heureusement que le
Voyage n'est pas long, & qu'il n'y a
d'endroit intéressant pour un Poëte
depuis Paris jusqu'à Aniers que le
Bois de Boulogne.

> C'est là qu'Amour choisit sa résidence
>
> A côté de la Volupté,
>
> C'est là que loin de la Prudence,
>
> La Grisette souvent avec sécurité,
>
> Perd le trésor de l'innocence :
>
> C'est là qu'au gré de ses desirs,
>
> Un Ingrat librement joüit de tous ses charmes,
>
> Et va lui préparer mille sujets de larmes
>
> Par la route de ses plaisirs.
>
> Alteré pour jamais de la sueur publique,
>
> C'est là qu'on voit l'avide Financier,
>
> Promenant son orgueil dans un Char magnifique,
>
> Impudemment faire la nique
>
> Au Magistrat, ainsi qu'à l'Officier.
>
> C'est là qu'on voit quelquefois de Paris,

Preſſants les flancs d'une monture étique,
  Par une grimace comique,
Peindre aux yeux des Paſſans, dont ils fuient les ris,
La ſituation douloureuſe & critique
  Où leur Mazette les a mis.
Tandis qu'au Temple une vieille Bigotte,
Promenant avec zéle un caquet peu chrétien,
Laiſſe échapper les flots de ſa bile dévote,
Et pour mieux impoſer, compoſe ſon maintien :
En ce bois plus charmant que l'Iſle de Cythere,
  La Coquette plus ſincere
  Se livre franchement
  A ſon joyeux temperamment.
  Le malin plaiſir de médire,
  Pour elle n'eut jamais d'appas,
La conduite d'autrui ne l'intéreſſe pas ;
D'elle, & de ſon prochain elle permet de rire,
  Mais ſe livrant à des plaiſirs plus doux,
La Belle en ce Taillis épais, commode & ſombre,
Avec certain Galant plante ſouvent à l'ombre
  Un bois très-haut à ſon Epoux.

Pendant que je ſuis au Bois de Boulogne, je devrois vous parler de Madrid ; mais en vérité je n'ai point de gout pour le gothique, je ne veux pas faire non-plus l'Hiſtorien, mais

je

je puis conduire vos regards fur un
objet plus digne , felon moi, de l'attention d'un Galoppin du Pinde , &
cela fans fortir du Bois de Boulogne.

Il eſt encore un lieu que les Plaiſirs habitent,
  Amour , choiſis-le pour féjour ;
Dans de charmans boſquets que les zéphirs agitent,
  Avec la Volupté viens-y fixer ta cour ;
  Mais ſi tu veux qu'on t'y revere,
Laiſſe à Paphos l'orgueil de la divinité ;
Exiges , tu le peux , qu'à l'Iſle de Cythere
On ſoupire long-tems auprès d'une Beauté ;
  Mais en ce lieu ſois moins févere,
Et laiſſes-y regner l'aimable liberté.
Songes qu'en ce réduit, aux yeux de ceux qu'il aime,
Louis vient quelquefois oublier les Grandeurs
  Et goûter le plaiſir extrême
  De regner même ſur les cœurs :
C'eſt là que dépoſant l'éclat du Diadême ,
Et libre des égards dûs à la Majeſté,
Ce Roi d'autant plus grand , qu'il s'abaiſſe lui-même,
Veut ſe croire chéri , plûtôt que reſpecté,
Et qu'il veut, aux dépens de la Grandeur ſuprême,
Aux cœurs de ſes Amis, lire la vérité.

Vous comprenez aiſément que
c'eſt de la Meutte dont je veux parler.

ler. Je me suis écarté de mon chemin pour vous y conduire ; je vais donc retourner sur mes pas pour arriver au Pont de Neuilly : m'y voilà ; ma Muse a grande envie d'y rester : que voulez-vous aussi qu'un pareil objet offre de Poëtique à l'imagination ?

> Dirai-je qu'un Satellite,
> Au Chef ardent, comme un Picard,
> A tout Passant demande un Liard,
> Que s'il arrive par hazard
> Que quelque Voyageur médite
> De lui souffler ce tribut-là,
> Il le pétrifie en sa fuite
> Par un barbare & raugue qui va-là,
> Et contre le Croquant s'irrite,
> Ainsi que la Secte proscrite
> Contre les Fils de Loyola.

Me faudra-t-il, pour remplir ma promesse, entrer dans les détails les plus insipides ?

> Et pour ne rien oublier dans ma route,
> Parlerai-je du Ratafia
> Spécifique contre la Goutte,

Ainsi

      Ainſi que me le certifia
    Certain Buveur, homme croyable,
Qui pour mieux en guérir, très-amplement en but
      Tant qu'il vêcut;
  Et cependant par un ſort déplorable,
    Ne guérit que quand il mourut.

Mais c'eſt trop m'arrêter au Pont de Neuilly, ma Muſe me preſſe de continuer ma route, que j'aurois, j'en conviens avec elle, pû raccourcir en paſſant par Mouſſeaux; mais auſſi j'aurois été contraint de paſſer le Bacq, & je crains l'eau.

    Tellement qu'au tems du Déluge,
    Si des Humains, le rédoutable Juge,
    M'avoit admis au nombre des Enfans
      De ce Vieux & Saint Patriarche,
      Qu'il avoit coffré dans l'Arche
      Pour le bien de ſes Deſcendans,
      Quoiqu'à l'abri d'être ondoyé,
      Quelque choſe qu'on eût pû faire,
Rien n'auroit rappellé mon bon ſens fourvoyé,
      Et la Colombe ſalutaire
Eût annoncé trop tard qu'on touchoit à la terre;
    Je fus mort ſur le champ de peur d'être noyé.

B   J'arrivai

J'arrivai donc pédeſtrement au Port d'Aniers ; c'eſt là que mon Récit commence : or , écoutez , le premier objet qui s'offre à la vûë eſt une Maiſon dans laquelle on voit regner une riche ſimplicité , beaucoup d'aiſance & d'agrémens ; c'eſt ainſi qu'on peindroit le Temple de la Sageſſe ; c'eſt un Sage auſſi qui l'habite.

Il ne vient point dans cet azyle
Goûter nonchalamment les douceurs du Printems ;
    Ariſte n'eſt jamais tranquille ,
La gloire de Themis lui ravit des inſtans ,
Qu'en lieu pareil , au ſein de la Richeſſe ,
    Un Citoyen heureux conſacre à la moleſſe ;
C'eſt là qu'Ariſte fuit les affreux ſifflemens ,
    Qu'un Monſtre né dans le Tartare ,
    La chicanne injuſte & barbare ,
Oppoſe trop ſouvent aux vains gémiſſemens
De l'Orphelin timide , & la Veuve éplorée ,
    Toujours lâchement adorée
    Des-Manceaux & des Bas-Normands ,
Cette Divinité par eux ſeuls invoquée ,
Leur fabrique à Paris de ſombres Argumens ,
    Dont la tournure allambiquée

Fera

> Fera trembler la vérité;
> Mais c'est à tort, fuis Déïté cruelle,
> Ariste ici veille pour elle,
> Et pour elle il fera prononcer l'équité :
> Dans ce réduit inaccessible,
> A tes sophismes captieux
> Il s'arme du foudre terrible
> Qui doit anéantir tes Sujets odieux :
> Aux cris des Malheureux sensible,
> De son organe incorruptible,
> Il va leur prêter le secours,
> Et malgré toi, sous leur chaume paisible,
> Leur assurer d'heureux jours :
> Son éloquence rapide,
> Que la raison soutient & guide,
> Va te porter des coups mortels ;
> Le crime réduit au silence,
> Verra triompher l'innocence
> Sur la poudre de tes Autels.

Que j'en aurois à dire sur cet article, si ma Muse étoit moins paresseuse ; mais elle s'effraye de l'étenduë d'un Panegyrique : je suis assez de son goût, les plus courts éloges sont, sans contredit, les meilleurs, si ce n'est

 quand

quand on fait celui de fa Maîtreſſe ;
il eſt permis alors d'être babillard,
& même quelquefois de n'avoir pas
le ſens commun.

En fait d'Amour le cœur tient lieu d'eſprit,
On n'a jamais la bouche cloſe,
On dit toujours la même choſe,
Sans croire qu'on l'ait aſſez dit.

Par exemple , ſi j'étois chargé de
votre Eloge , je vous repeterois ſeu-
lement bien des fois que je vous
adore , mes yeux affirmeroient le
fait ; je vous en donnerois encore, ſi
vous l'exigiez , des preuves qui vau-
droient mieux qu'une Piéce d'Elo-
quence ; preuves que je n'offrirois
pas à bien d'autres , & dont la pro-
poſition va peut-être vous déplaire ;
cependant vous auriez tort, ce n'eſt
pas ma faute ſi je ſuis indiſcret, l'air
du Pays en eſt la cauſe ; à la rigueur

on

on ne doit être puni que des fautés qu'on peut s'empêcher de commettre, & je vous jure qu'il eſt impoſſible ici de s'empêcher d'aimer quelqu'un, d'y penſer, & de s'en entretenir avec tout ce qui ſe préſente.

Lorſque les Enfans de Borée
Laiſſent regner les Zephirs en ces lieux,
Et qu'on entend l'Epóuſe de Terée
Unir à nos Chanſons ſes chants mélodieux,
Amour, ici tout nous inſpire,
Et tes flammes & tes deſirs:
Les Oiſeaux amoureux, & tout ce qui reſpire,
Chantent tes feux & leurs plaiſirs:
Dans ces Boſquets on voit la Tourterelle,
A ſon Amant toujours fidelle,
Se livrer librement aux tranſports les plus doux;
Et ce couple charmant eſt le parfait modéle
Des Amans fortunés, & des ſages Epoux.
Philis, vous qui goûtez dans un doux aſſemblage
Le plaiſir d'être belle, & celui d'être ſage,
Vous qui réuniſſez avec tant d'agrémens,
Les plaiſirs aux devoirs, la franchiſe à l'uſage,
Et la décence à l'enjouëment,
Venez ici recevoir notre hommage,
Nous choiſirons dans le boccage

Un

Un verd Ormeau pour l'offrir à vos yeux,
    Orné de l'aimable parure,
    Et de ces dons si précieux
    Que l'on emprunte à la nature,
Et que l'on offre même aux Dieux :
    Chacun enchanté, l'ame émuë,
Du plaisir délicat qu'inspire votre vûë,
    Croira que vous êtes Venus,
    Qui non contente d'être belle,
Pour mieux fixer nos Bergers auprès d'elle,
De la sage Minerve usurpe les vertus.

Oui, MADAME, on s'y trompera, j'en suis sûr ; mais baste, je me tais sur vos louanges, je sçais qu'on se broüille avec vous dès qu'on vous dit vos vérités. Passons au récit de nos Amusemens, vous jugerez bien que rien n'y a manqué, quand vous sçaurez que nos deux joyeux Bretons étoient de la partie.

Muni d'un Placard authentique,
    Par l'esprit & l'amour dicté,
L'un affublé d'un Manteau Galénique,
    En dépit de la Faculté,
        Condui-

Conduisant avec lui les ris & la gayeté,
   Et les plaisirs & la santé,
S'en vint d'un ton grave & comique,
   Nous débiter le Discours que voici :
   Le Ciel vous garde de Colique,
   De Rhumatisme & Goutte aussi :
Certain Enfant que l'on adore ici,
   Me députe exprès de Cythere
   Pour votre bien, & Dieu merci
En bonnes mains il a remis l'affaire :
   Sçavant Docteur en l'amoureux mystere,
   Pour vous guérir à jamais du souci,
Je viens vous dispenser recette salutaire,
Daignez pour m'écouter vous asseoir & vous taire.

Nous prîmes aussi-tôt séance, notre Docteur, suivant la régle, toussa, cracha, moucha, après une humble réverence à Mrs. D. & L. que leur Misantropie sexagenaire n'avoit pas empêché de nous suivre, il fit promettre à nos Dames, sous peine d'être embrassées irrémissiblement, qu'elles se contiendroient jusqu'à la fin de la harangue. Mademoiselle
D...

D... fut celle à qui cette promesse coûta le plus à faire ; nous nous attendions aussi que Mademoiselle R ne tiendroit pas mieux sa parole, ce dont notre Orateur auroit été charmé sans doute, puisqu'il eût acquis parlà le droit de se faire justice ; nous fûmes aussi-bien que lui trompés dans notre attente, & fort étonnés de leur discrétion , c'est à vous de juger si l'éloquence du Prédicant méritoit une aussi scrupuleuse attention. Voici ses propres termes :

Quoique l'âge ait éteint les ardeurs de vos ames ,
  De nos plaisirs ne soyez point jaloux ,
Barbons souvenez - vous que des plus vives flammes
  Vous avez brûlé comme nous :
Ecartez la raison qui fait trop la sévere ,
Rappellez des momens de vos cœurs ; effacés ,
Et goûtez avec nous l'yvresse la plus chere ,
Par le ressouvenir de vos plaisirs passés.

Pour vous, jeunes Beautés , que le destin propice
  Forma , pour plaire & pour aimer ,
        N'ayez

N'ayez pour vos Amans ni rigueur, ni caprice,
La vertu seule a droit de vous faire estimer ;
Pour tenter d'un Amant le respect, la constance ;
N'affectez point un mépris rigoureux,
A ses desirs avec prudence,
Opposez plûtôt l'espérance,
Et fixez un terme à ses vœux,
Jusqu'à ce doux instant tendre & respectueux ;
De ses transports il sera maître ;
Quand on peut se flatter d'être bientôt heureux,
On n'ose pas tenter de l'être.

Profitez de votre printems,
Jeunes Bergers, à la tendresse
Consacrez vos plus doux instans ;
En vains soupirs auprès d'une Tigresse,
Gardez-vous de perdre le tems,
Ne vous piquez d'être constans
Qu'autant qu'une aimable Maîtresse ;
Toujours sensible à votre vive ardeur,
Dans vos plaisirs trouvera son bonheur.
N'aimez jamais une Coquette
Que comme vous devez l'aimer ;
Laissez voltiger la Poulette,
Sans vous piquer de reprimer
L'inconstance de la Follette,
De sa legereté vous devez profiter :

C

Elle

Elle vous donne droit d'être legers comme elle,
Vous punirez bien l'Infidelle,
Si vous fçavez bien l'imiter.

Tels furent les avis du Docteur ; chacun promit de les fuivre exacte- ment, & lui nous protefta qu'à l'ave- nir il ne nous prêcheroit que d'exem- ple. Nous méditions encore fur fa Morale, lorfque fon joyeux Compa- gnon nous fit entendre dant un des Bofquets du Parc une fimphonie des plus agréables , nous y courûmes ; notre arrivée impofa pour un inftant filence à la Mufique , on nous donna le tems de nous affeoir , & nous é- coutâmes avec beaucoup d'attention la Cantatille fuivante , qui fut chan- tée par M. B. avec tout le goût que vous lui connoiffez. Peut-être fon talent m'a-t-il prévenu en faveur des
Paroles ,

Paroles, car je les ai crus dignes de vous être préfentées, & les voici :

LES FAVEURS DU SOMMEIL.

CANTATILLE.

PAISIBLE Dieu, fils du filence,
Sommeil, fais-moi goûter tes plus cheres faveurs,
Contre l'Amour prends ma deffenfe,
Que tes bienfaits égalent fes rigueurs.

Verfe fur moi tes ombres favorables,
Couvre mes yeux de tes Pavots,
Que mille fonges agréables
Contre le Dieu des cœurs protegent mon repos.

Paifible Dieu, fils du filence,
Sommeil, fais-mot goûter les plus cheres faveurs,
Contre l'Amour prends ma deffenfe,
Que tes bienfaits égalent fes rigueurs.

Morphée entend ces mots, qu'une jeune Bergere
Entrecoupoit des plus tendres foupirs :
Zirphé, dit-il, calmez votre colere,
Refpectez le Dieu de Cithere,

C 2   Pour

Pour vous à mes faveurs il joindra ses plaisirs.

De la Belle à l'inſtant il ferme la paupiere,
Un ſonge de Daphnis prend la forme & les traits,
Il ſoupire, il approche, & gagne la victoire,
Il enchante la Belle, & ſans flétrir ſa gloire,
Il lui fait de l'Amour goûter tous les attraits.

Nimphes craignez un pareil ſonge,
Il tient de la réalité,
Les charmes d'un ſi doux menſonge,
Vous feroient deſirer ceux de la vérité.

Jeunes Beautés quand on ſommeille,
A ſon penchant on ne peut réſiſter,
Si la vertu ne vous reveille,
L'Amour alors peut tout tenter.

Nimphes craignez un pareil ſonge,
Il tient de la réalité,
Les charmes d'un ſi doux menſonge,
Vous feroient deſirer ceux de la vérité.

Le Concert finit avec l'applaudiſ-
ſement général, & quelqu'un de la
la Compagnie, pour l'empêcher de
reſter oiſive, propoſa de s'amuſer
à de petits Jeux. Nous taupâmes

à

à fa propofition , nous jouâmes
au Propos interrompu , au Corbil-
lon, au Démenti. Enfin, pour nous
rapprocher de la mode , je propofai
de jouer au Jeu de P... , la plûpart
de nos Dames fe piquent de Poëfie,
les Hommes les imitent : enfin , ma
propofition fut généralement bien
reçûe , chacun fe retira à l'écart
pour faire une Fable : l'Abbé R.
qui critique tout , & ne fait rien ,
fe réferva le droit d'être notre Juge.
Il fe plaît de tems en tems à me dire
des vérités chagrinantes pour un Au-
teur ; je pris le parti pour m'en mettre
à couvert cette fois-ci de lui donner
le change , en faifant copier ma Fable par la fpirituelle Mademoifelle
D. elle la lui a préfentée , il a trou-
vé la Fable admirable, fait defcen-
dre Madame Deshoullieres du Par-
naffe

naſſe pour y placer Mademoiſelle D.
à côté du bon La Fontaine ; je n'ai
pû réſiſter au mouvement de vaine
gloire , que tant de louanges exci-
toient chez moi : je l'ai tiré d'erreur ;
Mademoiſelle D. a confirmé le fait
par un éclat de rire ; notre Ariſtar-
que a rougi, pâli, ſouri, repris ſon
ſérieux, & relû la Fable en hochant
la tête de tems en tems : le réſultat
de cette ſeconde lecture eſt qu'il l'a
trouvée déteſtable ; je m'y étois at-
tendu : mais pour m'en venger , je
lui en ai préſenté une autre le len-
demain matin , dont il n'a pas été
plus content que de l'autre : vous
allez voir s'il avoit raiſon,

Un Moineau courtiſoit une jeune Fauvette,
Douce, aimable, ſincere, & ſur-tout point coquette ;
Qui brûloit *in petto* d'une amoureuſe ardeur
Pour un jeune Serain , au ramage enchanteur.
Le Moineau ſe croioit un Amant d'importance,

Son

Son orgueil s'offença de cette préference ,
Quoique de son Rival le mérite éminent ,
Arracha de son cœur en secret le suffrage ;
    Il auroit crû n'être pas sage ,
    Que d'en convenir hautement :
Un jour que le Serain , Amant tendre & fidele ,
    Sous un feuillage épais ,
Lieu pour l'Amour fait tout exprès ,
Chantoit sans être vû les appas de sa Belle.
La charmante Fauvette , & le jaloux Moineau ,
Entendirent de loin son amoureux langage :
    Qui chante là , dit le caustique Oiseau ,
Jamais on n'entendit un plus charmant ramage ,
Approchons de plus près ce Chanteur si parfait ;
    Aussi-tôt dit , aussi-tôt fait ,
    Il fend l'air d'une aîle rapide ,
    A la Fauvette il sert de guide ;
    Mais quel fut son étonnement !
Quand il connut que ce Chantre charmant
    Etoit un Rival trop aimable ,
    Pour lui ravir un aveu favorable ,
    Il inventa ce tour Normand :
La voix de ce Serain , dit-il à la Fauvette ,
    De loin paroît sonore & nette ,
Voyons si de plus près il nous plairoit autant ;
J'en doute , néanmoins écoutons un instant ,
    Le Serain chante , & Philomele
N'eût pû faire éclater une voix aussi belle

Bons.

Bons Dieux! dit le Moineau, quels fons faux & per-
 çans,
Peut-on prêter l'oreille à de pareils accens?
Tais-toi, dit en courroux, l'équitable Fauvette,
  La voix du Serain eft parfaite:
Chantes donc mieux Faquin, avant d'en parler mal,
  Et loin d'ofer t'ériger en Critique,
   Deviens, fi tu peux, fon égal.
   Veut-on écarter fon Rival,
   C'eft faire une fottife étrange
   Que s'avifer d'en parler mal,
Il vaudroit mieux, je crois, en outrer la louange.

Voilà, Madame, comme j'ai crû me venger authentiquement de l'Abbé R. qui n'en eft cependant pas devenu plus docile. Quoiqu'il en foit, j'aurai l'honneur de vous préfenter à mon retour le Recueil de toutes les Fables qui furent faites, refaites, critiquées, défendues, & dont je me fuis approprié la collection, pour en faire part au Public, & fonder là-deffus, comme Mon-
       fieur

fieur P. mes prétentions à l'Académie Françoife : mais ce n'eft pas tout , il faut vous entretenir maintenant de nos Plaifirs grotefques, la de ces gros Plaifirs qui grattent le palais , & qui n'en ont pas moins leur mérite. Vous fçaurez donc que nos Dames formerent le projet d'une Cavalcade de Bouriques , qui fut exécutée fur le champ ; je fus élû pour conducteur , & je m'en acquittai, foit dit fans amour propre, avec beaucoup de diftinction.

> Auffi plaifamment fagotté
> Que l'Ecuyer de Dom Quichotte, (
> Et comme lui, fur un Grifon monté ,
> En vrai héros de la Calotte
> Je promenois ma gravité;
> Plus d'une jeune Payfanne
> Marchant fur les pas de mon Afne,
> Augmentoit le cortége, & rioit amplement,
> Quand une vieille Sagane,
> Qui fans doute en fon cœur, foi-même fe condamne,

De sa frayeur tomba subitement,
Et cassa son unique dent,
Protestant que j'étois un Diable
Sorti d'Enfer nouvellement,
Et qui venoit assûrement
Pour entraîner quelqu'un au Manoir effroyable,
Où l'on grille éternellement :
On la crut, & dans le moment
Toute la sequelle interdite,
Courut soudain à l'Eau-Bénite.
Mon Grison, qu'à l'instant une Mouche maudite,
Vint molester sensiblement,
Se prit à courir assez vîte
Pour affermir ce pieux sentiment,
Saisis d'une peur sans égale,
Tous mes Nigauds Pantois crûrent très-fermement
Que Démon & demi, je fuyois l'eau lustrale ;
Tous se sçurent bon gré de leur dévotion,
Et leur sainte précaution
Pour éloigner l'effet d'un si triste présage
Prépare au Diable à son premier voyage,
Une boüillante aspersion.

Rien ne put arrêter la fougue de
mon opiniâtre Bucephale.

En efforts impuissans, en vain je me consume,
Il rougissoit le mord d'une sanglante écume ;
On dit qu'on a vû même en ce désordre affreux,

Un

Un Dieu qui d'aiguillons preſſoit ſes flancs
poudreux.

La peur de tomber m'avoit atta‑
ché une main à l'une des oreilles de
mon Courſier , & l'autre à ſa crou‑
piere , & ce fut dans cette attitude
qu'il m'emporta juſqu'à ſon écurie ,
loin des cris, des huées & des ris de
nos Dames , dont je fus vangé ſur le
champ; j'avois pour monture le ſeul
Baudet mâle de tout le Pays , le reſte
de la bande étoit compoſé d'Aneſſes ,
qui voyant courir leur unique époux
ſi vigoureuſement , reglerent leurs
pas ſur les ſiens , & ſe mirent à cou‑
rir à leur tour de toutes leurs for‑
ces, quelqu'unes de nos Dames fu‑
rent culbutées ſans accident , néan‑
moins ce qui nous laiſſa la liberté de
rire à notre aiſe de l'Avanture ;
quand nous eûmes aſſez ri ſur cet

D 2   article ,

article , nous cherchâmes d'autres objets à notre gayeté ; le Soleil étoit couché , nous allâmes nous promener dans cette grande Prairie que vous connoiſſez , & qui aboutit à la Riviere ; le Bacq s'empliſſoit des Pellerins d'Argenteüil , & cet objet excita tout-à-fait mon attention.

Comme l'on voit dans la Barque fatale
Princes , & Payſans alors égaux entre eux ,
Côte à côte paſſer la Riviere infernale
Pour arriver au ſéjour ténebreux ,
On voit auſſi des Gens de tout étage ,
Et de tout ſexe , & de tout âge ,
Sur le Bacq entre eux confondus ,
Allier en paſſant le vice & les vertus.
Près d'un Libertin Quietiſte ,
On voit un Cagot Janſeniſte ,
Fille fringante auprès d'un vieux Grigou ,
Un Philoſophe auprès d'un Fou ,
Une Ducheſſe auprès d'une Bergere ,
Abbé poupin près d'une Harangere ,
Barbon jaloux près d'un Plumet charmant ,
Un honnête Homme , un Bas-Normand ,

Un Petit-Maître, un Mifantrope,
Un Adonis près d'un Efope,
Un Moine auprès d'un Officier,
Un Rimeur près d'un Financier,
Un Docteur auprès d'un Miniftre ;
Un Courtifan auprès d'un Cuiftre,
Une Coquette auprès d'un timide Ecolier,
Une Agnès près d'un Cordelier,
Un Tomberèau près d'un Caroffe,
Un fier Courfier près d'une Roffe,
Un Rocquet auprès d'un Mâtin,
Une Dévote auprès d'une Catin.

C'est ainfi que tout eft mélangé fur ce Pont ambulant ; quel Tableau feroit-ce ? fi un Peintre étoit affez adroit pour exprimer bien naturellement tous les contraftes de ces Figures, & peignoit dans les yeux de fes Perfonnages les fentimens divers dont ils font réciproquement agités ; je fuis perfuadé que vous auriez autant de plaifir à le confiderer, que j'en vais goûter pendant mon fommeil,

meil, fi votre image vient m'entretenir comme à l'ordinaire : il eſt mi-
nuit, je ſuis excédé de fatigue, ma
lumiere s'éteint , mes yeux ſe fer-
ment, je penſe à vous , & ſuis avec
le plus grand plaiſir du monde en
ſonge, tout ce que je voudrois être
avec réalité.

Votre très-humble &
très... H. X....

ENVOI.

ON n'écrit pas toujours en Maître,
　L'esprit n'est pas de tous Pays,
　Et cette Missive peut-être
　Se sent trop du lieu d'où j'écris ;
Si j'avois crû pouvoir, sans vous faire une offense,
Du langage du cœur employer l'éloquence,
　J'aurois pû faire beaucoup mieux,
Iris, à l'avenir donnez-m'en la licence,
　Et j'écrirai bien en tous lieux.

F I N.

www.ingramcontent.com/pod-product-compliance
Ingram Content Group UK Ltd.
Pitfield, Milton Keynes, MK11 3LW, UK
UKHW021027120726
13693UKWH00005B/2250